Maya and Annie on Saturdays and Sundays
Los sábados y domingos de Maya y Annie

By / Por
Gwendolyn Zepeda

Illustrations by / Ilustraciones de
Thelma Muraida

Translation by / Traducción de
Gabriela Baeza Ventura

Piñata Books
Arte Público Press
Houston, Texas

Publication of *Maya and Annie on Saturdays and Sundays* is funded in part by a grant from the City of Houston through the Houston Arts Alliance. We are grateful for their support.

Esta edición de *Los sábados y domingos de Maya y Annie* ha sido subvencionada en parte por la ciudad de Houston a través del Houston Arts Alliance. Les agradecemos su apoyo.

Piñata Books are full of surprises!
¡Piñata Books están llenos de sorpresas!

Piñata Books
An Imprint of Arte Público Press
University of Houston
4902 Gulf Fwy, Bldg 19, Rm 100
Houston, Texas 77204-2004

Cover design by / Diseño de la portada por Bryan T. Dechter

Names: Zepeda, Gwendolyn, author. | Muraida, Thelma, illustrator. | Ventura, Gabriela, Baeza, translator.
Title: Maya and Annie on Saturdays and Sundays = Los sábados y domingos de Maya y Annie / by = por Gwendolyn Zepeda ; illustrations by = Ilustraciones de Thelma Muraida ; Spanish translation by = traducción al español de Gabriela Baeza Ventura.
Other titles: Sábados y domingos de Maya y Annie
Description: Houston, TX : Piñata Books, an imprint of Arte Público Press, [2018] | Summary: Told in two voices and languages, Vietnamese American Annie and Hispanic American Maya attend different schools but spend nearly every weekend together, until something special happens to bring them closer together.
Identifiers: LCCN 2017038854 (print) | LCCN 2017048300 (ebook) | ISBN 9781518504846 (ePub) | ISBN 9781518504839 (pdf) | ISBN 9781558858596 (alk. paper)
Subjects: | CYAC: Friendship—Fiction. | Hispanic Americans—Fiction. | Vietnamese Americans—Fiction. | Single-parent families—Fiction. | Remarriage—Fiction. | Spanish language materials—Bilingual.
Classification: LCC PZ73 (ebook) | LCC PZ73 .Z362 2018 (print) | DDC [E]—dc23
LC record available at https://lccn.loc.gov/2017038854

Printed in Hong Kong in October 2017–January 2018
by Book Art Inc. / Paramount Printing Company Limited
7 6 5 4 3 2 1

For Skylar, who inspired this story

—GZ

To Anita and Pedro Ortiz

—TM

Para Skylar, quien inspiró esta historia

—GZ

Para Anita y Pedro Ortiz

—TM

I'm Maya. This is my friend Annie. Annie lives in a big house with a big lemon tree, a big TV and a big fish tank with orange fish. I go to her house on Saturdays or Sundays. We play in the back yard. We make lemonade. We play video games.

Soy Maya. Ella es mi amiga Annie. Annie vive en una casa grande con un limonero, una tele grande y un tanque de peces grande con un pez anaranjado. Voy a su casa los sábados y los domingos. Jugamos en el patio. Preparamos limonada. Jugamos videojuegos.

I'm Annie. This is my friend Maya. Maya lives in a little house with a little garden and two little dogs. Sometimes, on Saturdays or Sundays, I go to her house. We play with her dogs. We watch funny movies. We help Maya's mom in the garden.

Soy Annie. Ella es mi amiga Maya. Vive en una casa pequeña con un huerto pequeño y dos perros pequeños. A veces, voy a su casa los sábados o los domingos. Jugamos con sus perros. Vemos películas graciosas. Le ayudamos a la mamá de Maya en el huerto.

At Annie's house, her dad cooks dinner. He makes a lot of different foods: soup, noodles, rice, fish and my favorite: dumplings. He cooks a lot of vegetables, too. I like the special broccoli called *gai lan*. Annie shows me how to pick up food with chopsticks.

En casa de Annie, su papá prepara la cena. Cocina muchos platillos diferentes: sopa, tallarines, arroz, pescado y mi favorito: domplines. También cocina muchas verduras. Me gusta el brócoli especial llamado *gai lan*. Annie me enseña a comer con palillos.

Maya's mom cooks for us at her house. She makes all kinds of foods: soup, tacos, chicken, rice and beans, and my favorite: tamales. I like the special corn and pork soup called *pozole*. Maya shows me how to scoop up my food with pieces of tortilla.

La mamá de Maya cocina para nosotras en su casa. Prepara todo tipo de comida: sopa, tacos, pollo, arroz y frijoles y mi favorita: tamales. Me gusta la sopa especial de maíz y carne de cerdo conocida como pozole. Maya me enseña a usar pedacitos de tortilla como cucharitas.

On Mondays, Tuesdays, Wednesdays, Thursdays and Fridays, I go to school. I don't get to see Annie until Saturday or Sunday.

It's a Saturday, and Annie's dad is taking us to the beach. We swim. We build sandcastles. We catch crabs with nets. It's so much fun, I don't want the day to end.

Los lunes, martes, miércoles, jueves y viernes, voy a la escuela. No veo a Annie hasta el sábado o el domingo.

Hoy es sábado, y el papá de Annie nos lleva a la playa. Nadamos. Construimos castillos de arena. Con redes cazamos cangrejos. Es tan divertido que no quiero que se acabe el día.

I go to school in my neighborhood, and Maya goes to school in her neighborhood, so I only see her on the weekends.

It's a Sunday, and Maya's mom takes us to an amusement park. We ride scary rides. We eat cotton candy. We play games and win prizes. I'm sad when the day is over.

Yo voy a la escuela de mi barrio, y Maya va a la de su barrio, así es que sólo la veo los fines de semana.

Es domingo, y la mamá de Maya nos lleva a un parque de atracciones. Montamos los juegos que dan miedo. Comemos dulce de algodón. Jugamos juegos y ganamos premios. Me pongo triste cuando se acaba el día.

Sometimes Annie and I have arguments. I get upset when she wants to watch a TV show I don't like. She doesn't like it when I change her dolls' outfits.

But we don't stay upset for too long. Even when we argue, Saturdays and Sundays are my favorite days.

A veces Annie y yo discutimos. Me enojo cuando ella quiere ver un show en la tele que no me gusta. A ella no le gusta cuando le cambio la ropa a sus muñecas.

Pero no nos quedamos enojadas por mucho tiempo. Aún cuando discutimos, los sábados y los domingos son mis días favoritos.

It's another Saturday, and we're having a special celebration with Maya and her mom. It's called a *posada*. We eat a special dinner with her grandpa. We walk with candles and sing songs in Maya's neighborhood. We go to a beautiful church. There's a piñata full of candy. There are empanadas and hot chocolate. It's a very fun night, and I wish we could have celebrations together all the time.

Es otro sábado, y tenemos una celebración especial con Maya y su mamá. Se conoce como posada. Hay una cena especial con su abuelo. Caminamos con velas y cantamos canciones por el barrio de Maya. Vamos a una bella iglesia. Hay una piñata llena de dulces. Hay empanadas y chocolate caliente. Es una noche muy divertida, y deseo que siempre tengamos celebraciones juntas.

It's another Sunday, and we're having a very special holiday with Annie and her dad. It's called Lunar New Year. People dressed like dragons dance in the street. There are firecrackers. We go to a beautiful temple. Annie's dad and grandma make special foods. We eat mooncakes and they teach me that "xin chao" means "hello" in Vietnamese. It's a very fun day, and I'm sad that I have to go to school by myself on Monday.

Es otro domingo, y estamos festejando un día feriado muy especial con Annie y su papá. Se llama Año Nuevo Lunar. Personas disfrazadas de dragones bailan en la calle. Hay petardos. Vamos a un lindo templo. El papá de Annie y su abuela preparan comidas especiales. Comemos "mooncakes" y me enseñan que "xin chao" significa "hola" en vietnamita. Es un día muy divertido, y me da pena pensar que el lunes tendré que ir sola a la escuela.

It's another Sunday. My mom tells me she and Annie's dad have planned another special day for all of us.

That night, we have a big dinner with my grandpa, Annie's grandma and all our aunts and uncles and cousins. Everyone talks and laughs, but Annie and I sit in the corner and whisper. What is the special day our parents have planned? Another Saturday at the beach? Another holiday?

Es otro domingo. Mi mamá me dice que ella y el papá de Annie han planeado otro día especial para todos nosotros.

Esa noche cenamos con mi abuelo, la abuela de Annie y todos nuestros tíos y primos. Todos hablan y se ríen, pero Annie y yo nos sentamos en un rincón y susurramos. ¿Qué será el día especial que han planeado nuestros padres? ¿Otro sábado en la playa? ¿Otro día festivo?

We sit down to eat, and my dad and Maya's mom tell everyone what the special day will be: a wedding! They're going to get married. Everyone claps and smiles, but Maya and I whisper some more. We've never been to a wedding before.

Nos sentamos a comer, y mi papá y la mamá de Maya nos dicen a todos que el día especial será: ¡una boda! Se van a casar. Todos aplauden y sonríen, pero Maya y yo susurramos más. Jamás hemos ido a una boda.

My mom and Annie's dad have to make a lot of arrangements for the wedding. Every Saturday and Sunday, they look at pictures of food, flowers and decorations. They look at pictures of houses and schools. They ask Annie and me which pictures we like, but we don't want to make plans. We want to play, because Saturdays and Sundays are the only days we can be together.

Mi mamá y el papá de Annie tienen que hacer muchos arreglos para la boda. Cada sábado y domingo ven fotos de comida, flores y decoraciones. Ven fotos de casas y escuelas. Nos preguntan a Annie y a mí cuáles nos gustan, pero no queremos hacer planes. Queremos jugar porque los sábados y los domingos son los únicos días en los que podemos estar juntas.

Today is Saturday, and today is the wedding! It's so beautiful! All my family and all Maya's family are here. The flowers and the lights make it look like we're in a magical place. All our favorite foods are here, plus two big cakes! Maya and I are wearing new dresses. Everyone is dancing and laughing. My dad and Maya's mom look so happy.

Hoy es sábado, y ¡hoy es la boda! ¡Es tan lindo! Toda mi familia y la familia de Maya están aquí. Las flores y las luces hacen que el lugar parezca mágico. Están todos nuestros platillos favoritos, además ¡hay dos pasteles grandes! Maya y yo llevamos vestidos nuevos. Todos están bailando y riendo. Mi papá y la mamá de Maya lucen tan felices.

Saturday has turned into Sunday, and the wedding is over. The wedding made us a family, so now Annie isn't just my friend—she's my sister! And we're all going to live in a new house together. And we're going to go to school together, too.

Now that we're sisters, Annie and I can be together every day. Not only on Saturdays and Sundays, but on Mondays, Tuesdays, Wednesdays, Thursdays and Fridays, too. And now that we're a family, we'll have many, many more special days.

El sábado se transformó en domingo, y la boda se acabó. La boda nos hizo una familia, así es que Annie ahora no es sólo mi amiga ¡es mi hermana! Y todos vamos a vivir juntos en una casa nueva. Y también vamos a ir a la misma escuela.

Ahora que somos hermanas, Annie y yo podemos estar juntas todos los días. No sólo los sábados y los domingos, sino también los lunes, los martes, los miércoles, los jueves y los viernes.

Ahora que somos familia, tendremos muchos, muchos más días especiales.

Gwendolyn Zepeda is the author of four children's books and her first book, *Growing Up with Tamales / Los tamales de Ana* (Piñata Books, 2008), was named a 2009 Charlotte Zolotow Award Highly Commended Title and was nominated for a Tejas Star Book Award for bilingual children's books. Her second picture book, *Sunflowers / Girasoles* (Piñata Books, 2009), won the Texas Institute of Letters' Austin Public Library Friends Foundation Award for Best Children's Book. She teamed up with illustrator Pablo Torrecilla for *I Kick the Ball / Pateo el balón* (Piñata Books, 2011) and *Level Up / Paso de nivel* (Piñata Books, 2012). She lives in Houston, Texas, with her family.

Gwendolyn Zepeda es autora de cuatro libros infantiles y el primero, *Growing Up with Tamales / Los tamales de Ana* (Piñata Books, 2008), fue nombrado en el 2009 como Título Altamente Recomendado del premio Charlotte Zolotow y nominado para el premio Tejas Star Book Award para libros infantiles bilingües. Su segundo libro, *Sunflowers / Girasoles* (Piñata Books, 2009), ganó el concurso del Instituto de Letras de Texas de la Fundación de Amigos de la Biblioteca Pública de Austin como el Mejor Libro Infantil. Se unió al ilustrador Pablo Torrecilla para *I Kick the Ball / Pateo el balón* (Piñata Books, 2011) y *Level Up / Paso de nivel* (Piñata Books, 2012). Gwendolyn vive en Houston, Texas, con su familia.

Thelma Muraida, an accomplished designer and artist, illustrated *The Place Where You Live / El lugar donde vives* (Piñata Books, 2015), *Cecilia and Miguel Are Best Friends / Cecilia y Miguel son mejores amigos* (Piñata Books, 2014), *My Big Sister / Mi hermana mayor* (Piñata Books, 2012) and *Clara and the Curandera / Clara y la curandera* (Piñata Books, 2011). In addition to painting, she has designed and illustrated several early childhood reading curricula. She lives and works in San Antonio, Texas.

Thelma Muraida, una diseñadora y artista consumada, ilustró *The Place Where You Live / El lugar donde vives* (Piñata Books, 2015), *Cecilia and Miguel Are Best Friends / Cecilia y Miguel son mejores amigos* (Piñata Books, 2014), *My Big Sister / Mi hermana mayor* (Piñata Books, 2012) y *Clara and the Curandera / Clara y la curandera* (Piñata Books, 2011). Además de ser pintora, ha diseñado e ilustrado varios planes de estudio para la temprana edad. Vive y trabaja en San Antonio, Texas.